그대에게 가는 길

그대에게 가는 길

한수재 시집

우리글

시인의 말

결국
나와 함께 내 나이와 같아진 단어들
그 단어들로부터 나를 들어야 하는 일을
쓰기의 기쁨으로 여긴다.
오랜 시간이 흘러 만난 지금의 나에게서
처음 너를 만난 날을 기억하며
기웃거리다 뛰쳐나가는 육체
혹은 마음의 길 위에서⋯⋯.

2015년 11월
한수재 적음

목차

시인의 말 … 5

1부

고갱의 낙원에서 … 14

저녁식사 … 16

아름다움에 관한 … 18

오래된 여자들 … 20

너무도 가벼운 … 22

미샤 마이스키를 들으며 – 혼자 추는 몸짓 … 23

게리 카를 들으며 – 아르페지오네 … 26

싸늘한 평화 … 28

사라지지 않는 소리 … 30

여자와 여자 … 32

그림자 … 34

커피숍에서 … 36

역에서 … 38

그때, 우리는 … 40

누군가 잠들었을 때 … 41

2부

지금은 … 44

안부 … 45

나를 젖게 하는 것 … 46

어둠 속에서 … 47

눈썹을 정리했다 … 48

때 … 49

그런 날 …50

못 본 듯이 … 52

추행 … 53

노을 … 54

바람 불고 하늘 높고 … 56

가을 근처 – 청계산에서 … 57

첫눈 … 58

사라진 연골 … 59

무심히 … 60

3부

없는 얼굴 … 62

시인의 아침 … 64

봄 … 66

모텔에서 … 68

증상 1 – 숨죽임 … 70

증상 2 – 낙화 … 71

쑥떡 … 72

어떻게 할 수가 없다 … 74

나비의 숲 … 76

몸살 … 79

남자와 잡상인 … 80

아서라, 아서라 … 82

대학로 학산에서 … 84

미뤄두기 … 85

첫눈 풍경 … 86

4부

섭식 장애 ⋯ 90

바기오 시편 – 운 좋은 날 ⋯ 91

바기오 시편 – 찌푸니 1 ⋯ 92

바기오 시편 – 찌푸니 2 ⋯ 94

바기오 시편 – 사라진 통증 ⋯ 96

바기오 시편 – 너무도 현실적인 ⋯ 97

바기오 시편 – 새벽, 고요한 중에 ⋯ 98

집 없는 여자들 – 42병동 ⋯ 100

그때 – 수술실 ⋯ 102

비슷하다 ⋯ 104

안면도 꽃지花地 ⋯ 106

빛 ⋯ 108

그러고 있자면 ⋯ 109

꿈에 ⋯ 110

소품 ⋯ 112

그대에게 가는 길

1부

고갱의 낙원에서

저녁식사

아름다움에 관한

오래된 여자들

너무도 가벼운

미샤 마이스키를 들으며 – 혼자 추는 몸짓

게리 카를 들으며 – 아르페지오네

싸늘한 평화

사라지지 않는 소리

여자와 여자

그림자

커피숍에서

역에서

그때, 우리는

누군가 잠들었을 때

고갱의 낙원에서

겨울을 모르는 하늘 아래
우거진 가지와 잎들, 수줍은 젖빛 기둥,
날개 달린 도마뱀과 꺾기지 않은 꽃
이브, 환희의 땅*
금지된 사과는 어디로 갔을까
손가락을 슬며시 넣어보고 싶은 흐르는 머리칼에나
단련된 허벅지와 불평 없는 발바닥,
입이 숨겨진 입술과 고요를 아는 눈동자에 분명
허락되지 않은 축복이 숨겨져 있기도 할 터
때때로 선택 받은 것처럼 수상한 입김이
폭풍처럼 날 눕히기도 했지만
어긋난 마음에서 시작되었을 낙원의 사과에
보이지 않는 바탕이나 가려진 얼굴처럼
그 어떤 색도 입힐 수가 없는 일을
망가진 것부터 말할 수밖에 없는
별 볼 일 없는 일들이 어떻게 자라서
불길한 꿈이 되었는지
습기로 살찐 다락방 쥐들의 사라지는 꼬리,
그렇게나 많은 장소와 냄새들의 기억,
이어지고 이어지는 밤이, 밤이 되고 어둠을 살고,

무도회처럼 돌고 도는 짝짓기나

담배 불보다 먼저 꺼진 것들,

능숙하게 다른 빛을 훔쳐보는 새벽 세 시로

다 말할 수는 없겠지만

비가 내리고 천둥이 치는 지금 잠시

낙원에서 추방당한

나의 것이었고 아니었던 것들에 대해

스스로 포기한 것들에 대해

결점에서 번식하고 충만해진 붉고 탐스러운 것들에 대해

저 타히티의 이브처럼

어둡고, 너그럽고, 은밀한 구름의 꼬리를 뒤로 하고

자유로이 알몸을 입고

필경 사내들에 관한 것은 아닌

원시적인 둔부와 콧김이 느껴지는 콧구멍으로

나를 망가뜨린 온화와 미덕

모두를 배꼽 아래로 보내 버릴 것이다

*고갱 〈환희의 땅〉 캔버스에 유채. 91*72㎝ 1892. 오하라 미술관.
일본

저녁 식사

혼자 저녁을 먹는다
아침에 먹고 남겨둔 참치구이 반 토막과 열무김치
생선을 좋아하는 것은 아니지만
남겨진 것들이 모두 버려지는 것은 아니다
한 점 한 점 입안으로 사라지는 흰 살
피가 돌던 한 때, 전시용으로 남을 수 없던 욕망이
오려낼 수 없던 무서운 달과 별이
거세하고 싶던 초경의 악몽이
안간힘으로 밀고 들어와도
인생의 G-스팟이 될 수 없는 사내가
살아있다면 언젠가는 꼭 만난다는 주문에 갇힌 채
뭣도 아닌 마음을 지켜오던 순간들이
끝까지 발리는 사이,
더욱 흉측해지고 토막 나고 찢겨진 껍질과 뼈
죽음 후에도 속을 보여야 하는 몸이
다시 누군가의 속에서 살살 녹는 살이 되기까지
기억은 한동안 매장되어야 할 것이다

먹는다는 것, 씹는다는 것, 삼킨다는 것,
한 때였다고

어찌어찌 해 네 앞에 왔다고

그럭저럭 살았다고

그냥 저냥 나이가 들었다고

그렇게 속이 된다는 것

초라하고 섬뜩한 당연한 살점들

내 어미의 뱃살처럼 질기고, 기도문처럼 딱딱하다

이렇게 되기까지 무엇 하나 예사로운 것이 없는

무거운 저녁식사

더 이상 손을 댈 수가 없다

아름다움에 관한

그 어떤 것을 걸치고서는 그의 영역에 들어설 수 없다

결국은
묵은 행복이 죽은 신경 자리에 인공 치아로 하얗게 바뀌는
것이겠지만
가공될 수 없는 불행은 손금으로 가는 것이겠지만
빼도 뺀 것 같지 않은 손바닥의 작은 가시가 손금을 가리
는 것이겠지만
쓸데 있는 것들은 정작 쓸데없는 것들에서 오는 것이겠지만
사랑을 말하려 한다면 소심하고 긴 짝사랑쯤이겠으나
욕망이 드러나는 순간 사랑은 양보해야 한다
이 지옥과 저주의 심연에서 너와 내가 끝났다는 것
믿음은 자궁 속에서나 뜨거워지는 것
답을 구하던 시절은 지나갔다
심지어 나는 나와 대화하는 법도 제대로 모른다는 것을!
불신과 파괴와 상실이 만드는 놀라운 진실을 보라
추악함과 사악함은 들뜬 술집처럼 한껏 부풀고
그렇지 않은 것들은 낡은 건물처럼 말을 잃었다
모방된 웃음은 미술책의 그림만큼이나 늙었다
아름답다는 말로는 부족한

아름답지 않은 것들의 난폭한 생명력이라니!

"그것들이 육체를 가지고 있다면 나는 아마도 밤새 그
것들과 뒹굴며
내일은 세상에 없을 사람처럼 섹스를 했을 거야!"

모든 것, 이 모든 것
영원하지 않아서 얼마나 다행스러운가!

오래된 여자들

훌쩍 커버린 과거는 지루한 시가 되었고
지루함에서 미래를 읽는 오래된 여자들이
그 많은 사산 덕분에 드디어 시간을 초월하고
거실의 커튼 뒤나 조리기구 서랍장,
낡은 장롱의 녹슨 손잡이에서
볼 수 없는 것을 보고, 들을 수 없는 것을 듣는다 해도
이상할 것이 없다
한 때 대부분의 기쁨을 담아내던 육체는
산 사람과 죽은 영혼이 함께 머무는
한 번쯤은 조용히 찾아가 얼굴을 묻고 싶은
아들, 딸들의 무덤이 되었다
생각만큼 답답하거나 어둡지 않다는 것은
소소한 보상이었고
더 많은 무덤이 필요할 때마다
아무도 모르게 서서히 말라 죽게 하는 능력으로
그녀들의 입에서는 죽음의 냄새가 진동한다
헐렁해진 셔츠 아래로 쳐진 젖무덤을 흘깃 지나치면서
멍하니 티비를 보며 건성으로 포도를 먹는 저녁 시간이면
산등성만큼이나 빠르게 어둠 속으로 사라지고 싶어진다
접시에 남겨진 포도 껍질이 시체처럼 보이고

눅눅한 바람이 불어오면
어디에서나 시큼한 발효의 냄새가 난다
그 어떤 소리도 몸에서 빠져나가기 못하도록
입술에서 항문까지 숨을 말고 있는지
달은 터질 듯 부풀어 올랐고
늙는 법이 없는 것들이 죽음을 이기는 것을
조용히 보고 있었다
너무 가깝다는 것은 슬픈 일이기도 했다

너무도 가벼운

조금 열린 차창으로 바람 소리가 들렸다. 노을이 사라진 잎들 ― 온 몸으로 미세한 전기를 흘려보내고 있는 내 심장처럼 저들끼리 부산하게 떨리며 부딪치는 ― 사이로. 그들은 어느 한 페이지에 앉아 있었다. 조금 더 오래된 한 쪽이 다른 한 쪽을 마저 쓰고 있었고, 이미 쓴 것들은 낡아가고 있는 중이었다. 그녀는 읽지 못한 그의 페이지가 궁금하지 않았고 미리 읽지도 않았다. 몇 줄 쓰지 못하고 키스에서 정지된 채, 깜박이는 커서처럼 그들의 쉼 없는 부호와 엇갈린 단어들이 순서를 기다리던 그때, 동화 같은 시뻘건 해는 산과 산 사이로 가파르게 사라졌다. 끝이 보여도 시작할 수밖에 없는 것들로 많은 힘을 소진하지는 않겠지만 얼마간은 그렇게 있을 것이다.

미샤 마이스키를 들으며
– 혼자 추는 몸짓

우울한 첼로의 현을 따라 방안으로 안개가 들어온다
부드럽게 벗겨주는 풍부하고 능숙한 저음을 거부할 수 없다
경험이 아닌 운명이 된 몸이 부끄럽지 않은 지점
알몸에 흰 천을 두르고 창과 마주 선다
꼬리표처럼 길게 따라다니는 것은 바람의 깃털
육체는 사라지고 바람이 호흡과 감각만으로 느껴질 때
현은 팔과 다리, 허리와 목으로 깃털을 달기 시작한다
한 쪽 유방을 가렸다가는 빠르게 배꼽을 지나
다리 사이로 숨어드는 바람
민감한 곳을 피해 날렵하게 허리를 구부리고 뒤로 젖히면
유두는 딱딱하게 마르고 갈비뼈는 과거처럼 취약해진다
까치발의 무게중심이 흔들리지 않도록 위로 뺀 얼굴과
멈춘 마디가 자라는 듯 손바닥을 편 채
뿌리 쪽으로 향하는 두 팔
무방비의 감각이 통째로 바람의 혀에 잡혀
서서히 비틀리고 뒤틀리던 시작점이 쇄골 그쯤이었는지
허리였는지, 이름을 가져보지 못한 음부였는지
아니, 시큰거리던 손목이었는지
아다지오Adagio*, 아다지오
소리가 없는 바람을 따라 일그러지는 통증이

쾌락으로 바뀔 즈음이면
식기 전의 물기 따위는 상관없는 세상을 보게 된다

바람은 겨드랑이로 시원히 지나가고
활짝 핀 하늘을 따 먹듯
간절한 두 팔이 허공에서 사랑에 맘껏 애탈 때
발목은 힘을 빼고 더욱 은밀해야 한다
무릎과 무릎이 속삭일 수 있도록
벌려진 다리는 들키지 않고 모아야 한다
호흡을 멈추고 주변을 사뿐 사뿐 맴도는 동안에는
팔은 팔을, 유방은 유방을, 등은 배를,
배는 내장을 충분히 숨겨야 한다

닮은 것들은 본능적으로 지키는 법을 아는 것일까
따로 붙어 있어도 따로 움직이지 않는 것들은
연습 없이도 하나처럼 만나는 꼭짓점을 가지고 있다
앞으로 뒤로, 위로 아래로 멀어졌다가도
꼬인 두 손이 이편과 저편의 뺨을 쓸고 내려와
화해를 하 듯 목에서 매듭을 풀고 나면
너와 내가 언제라도 생의 급소가 될 수 있음을 안다

돌아온 맥박이 배꼽과 거웃으로 모이는 그제야
숨을 뱉는다

가만히 눕는다
저마다 있고 싶은 채로 감는다
가볍고 부드러운 것은 배꼽으로 가로 질러있다
자궁을 움직인다. 골반이 따라 움직이고,
저절로 힘이 모아진 아랫배를 따라 발가락이 꿈틀거리면
작은 숨이 입술 사이로 들어왔다 나갔다 한다
마이스키의 첼로가 끝나가고 있다
사라졌던 육체는 여자로 돌아왔다

*오토리노 레스피기Ottorino Respighi의 첼로 곡 'Adagio'

25

게리 카를 들으며
– 아르페지오네

더 이상 갈 곳이 없어 서성대던 강가에서처럼
어디에도 없는 자신을 향한 울부짖음이
빨래처럼 오늘 한 줄에 걸려
바람에 쓴 귀를 말리고
내장까지 빳빳해지는 때를
평화롭다고 말할 수 있다면 얼마나 좋을까
오래 숨어 있다 보면
마침내는 보이지 않는 먼지처럼
닦을 일이 없는 순간이 오기도 하고
버려도 늘어나는 책들과
여러 번의 이사에도 이력엔 도움이 안 되는 살림처럼
결국엔 위험에서 배제된 것들이
중요한 자리를 차지하겠지만
모든 소용돌이를 무시한 채
아르페지오네를 들으며 태연히 차를 마시는 저녁
그때는 다 그랬지
애들은 빨리 늙었고 골목은 금방 조용해 졌어
어느 집에서 싸우는 소리가 들리면
모두 창 쪽으로 가 귀를 세우곤 했는데
집집마다 든 멍도 비슷해서

키득키득 병신처럼 웃는 일은 그런 때뿐이었지
어디나 애들은 사람이 아니었으니까
집에서 멀어지기 위해 배회하던 산에서
동네 불량배에게 담배빵을 당하고
며칠은 벙어리처럼 말도 못했는데
우는 일도 웃는 일만큼이나 없었지만
소풍가는 아침처럼 조금이라도 더 빨리
떠나고 싶던 집에서는 멀어지지도 못했지
가끔 그리워지는 폭력의 시간들 말이야
그리워지다니, 끔찍하지
밥 냄새와 섞여 내려앉던 석양 속으로
무수한 하루들이 다 사라져도
그 모든 것을 잊을 수 없는 순간에는
그냥 조용히 이름을 불러보는 거야
늙은 애들처럼

싸늘한 평화

햇살에 말려도
마르지 않은 구멍처럼
뻥 뚫린 내 구멍이 젖어 있어
이 어둠이 싫어
그러나 어둠이 되면 너를 기억할 수 있는 어떤 마력이
생기는 것 같아

해산을 앞둔 기억들이
가지 끝, 망울에
아슬아슬 모여 있었다

내 심장이 너를 기다리나봐
갑자기, 그리웠어
그리고 생각해보니 하루 종일 그리웠어

그렇게 좋았는데 순간 공허해졌다고, 두려워졌다고
그리웠지만 멀게 느껴졌다
쓰지 못한 문장처럼 사내의 배 위에 사정을 하고
끝날 것 같지 않은 싸늘한 키스를 하고 싶다

난 알아, 네 눈의 광과 그 빛이 하는 말과
너의 작은 음성에서 무엇이 떨리고 있는지를

그가 그녀를 꼭 안을 때— 다른 때보다 더 꼭 안을 때—
그의 흉터가 만져졌다

"그때처럼 흘러나오는 그곳에 내가 존재하고 싶어"

몸, 가장 깊고 어두운 곳에서 그를 느끼고 싶다

사라지지 않는 소리

절정의 순간이면 그는 내 귀에 입을 틀어막고
내 몸 가득 소리를 채운다
그 소리가 울음인지 외침인지는 정확하지 않다
소라의 몸통에서 들리던 여문 파도 소리였는지
오래 전 철봉 아래 숨어 울던
어린 계집의 젖은 눈초리였는지
수혈 받지 못한 사춘기
모든 것 빠르게 항복하고 싶던 운동장 바람 소리였는지
도망치듯 책상 밑에서 구겨지던 열여덟 계집의 악몽쯤에서
연약한 청춘의 욕망과 살기까지를 듣고 있자면
고막을 북처럼 울리는 그의 소리는
운명 어디쯤을 떠돌다 어두워진 몸으로 기우는 한 때
되고 싶은 소리에 소리를 뜨겁게 겹치고 비벼도
맘껏 내지를 수 없는
독瓮 같은 내 귀로 묻어야 하는
무던히도 견뎌온 오래된 겨울바람임을 알게 된다
타들어 가는 목구멍과 혀에서 소리를 잃어버리고
풀피리처럼 떨리는 입술 사이로
짐승의 더운 숨을 뱉어내는 순간이야말로
함께 도달하기 위해 가능한 더 높이 오르는 지점

슬픔을 맞추고 슬픔이 헤아리는 그 정점에서

소리는 귀로, 귀는 가슴으로, 가슴은 기억으로,

기억은 기억도 나지 않는 기억에까지 내려가는 때임을

안다

한순간 바닥으로 떨어졌지만

다칠 곳 없는 서로의 바닥으로 누워있었던가

아프지 말라고 숨을 숨으로 핥았던가

더 울어야 했지만 울음은 소나기처럼 금방 그쳤다

조용해진 위와 아래 사이로 발갛게 달아오른 것들이

찬 바닥에서도 식을 줄 모르는 몸에 끌려온 것들이

수줍음을 벗어 말갛게 빛나고

그의 소리가 작은 목소리로 내 안에 공명하는 순간에는

민감한 나의 귀에도 팔과 다리가 생겨

오직 나에게만 텅 빈 어둠을 응시하며

온 힘으로 그 소리를 통째로 삼키는 것이다

여자와 여자

브래지어 호크에 팬티를
팬티 끝에 바다를 걸어놓고
멀어져 가는 것을 쫓아 너무 가까이 갔을 때
엉킨 하늘이 바다로 뛰어들기도 하지만
익사하기에는 기억들은 너무 뜨겁다
차라리 발바닥과 무릎이 뻐근할 때까지
사람들과 건물들 사이를
마네킹처럼 우스꽝스럽게 쏘다니며
번화한 시내 거리를 배회하고 쓸려 다니다
지쳐 돌아와 잠드는 편이 나았을지 모른다
어둠이 어둠을 덮어
앞과 뒤를 구별 할 수 없을 때까지
여자와 여자는 춤을 추고 노래를 했다
여자는 한 때 꿈이 있었다 ─여자이고 싶은
여자는 여자의 남자 이야기를 내버려 둔다
피우지 못하는 담배를 연이여 태우는 동안
바다는 지겨워지고 있었다
사랑도 속삭였지만 달콤할수록 기한은 짧았다
여러 장의 알몸 사진을 찍는다
반은 가려졌고 여자는 나머지 반이 되었다

각도에 따라 다른 몸, 없던 얼굴이 생기고

믿을 수 없는 일이라며 웃어대기도 했지만

상관없다

가지런히 모인 거웃처럼 끄떡없는 표정

편집 없이 저장한다

밀봉되지 못한 빛은 착각이었고

악몽과 배설

오늘은 당신을

내일은 당신의 남자를

내일의 다음 날은 당신의 나를

버리는 꿈을 꿀 때는 몸이 반으로 줄었다

발바닥에 남은 시시한 온도를 부여잡고

양말 두 개를 겹쳐 신고 아주 잠들고 싶었다

그림자

젊음이 이렇게 조용히, 빠르게 사라지고 빠져나가서 결국 아무것도 해보지 못한 채 늙어 가다가 죽음과 만나야 할지도 모른다는 생각이 스치던 그 순간은 선물이었음을 알고 있다. 단정한 마음에서 벗어나 진작 그 생각을 하지 못한 자신을 질타했지만 큰 위안은 되지 못했을 것이다. 열정과 환희를 찾기에 나이는 고무줄처럼 질겼고 순수함을 잃어버리기 오래 전의 얼굴은 이제 어디에도 없다. 그럼에도 불길하고 어둡고 활활 타는 어떤 징조들은 빈집 가득 욕망과 용기를 낳았고 번식을 멈추지 않았다. 주변을 배회하던 사내들을 무심히 떠올려 보던 그 때, 식당 창문으로 들어오던 모든 햇살은 오직 그녀만을 위한 그 어떤 계시였을까. 눈을 뜰 수 없었고, 틀과 벽들이 사라진 공간에서 한 번도 느껴보지 못한 생기가 온 몸으로 퍼져오는 걸 느낄 수 있었다. 평범했던 한 존재가 특별하게 느껴지던 찰나는 뇌의 장난이거나 운명의 그물이었겠지만 그의 그림자를 건드리고 숨은 욕망을 꺼내는데 주저하지 않았을 것이다. 그래서 어쩌자는 것이냐. 작은 목소리도 들렸지만 무의미로 가득한 삶의 살찐 의미가 역겨워 진 지는 이미 오래 되었다. 참을 수 없는 것은 소음이 아니라 정적이었다. 욕망이 성장을 방해하는 것이라면 그만 성장하고 싶어졌을 것이다. 타인의 욕망과 섞이고 싶고 욕망을 끓게 할 또 다른 욕망이 필요하다. 맘만 먹으면 그렇게 될 것이다. 고약한 욕망의 찌꺼기를 알았다 해도 피해갈 수 없었으리라. 그도 모르게 그와 시작된 곳은 발칙하고도 어두운 심연이었다. 심연의 모든 것이 은밀한 그곳으로 모인 것 같았다. 그곳에서 무슨 일이 일어나는지는 알 수가 없다.

커피숍에서

그의 육체와 표정은 갈수록 멋이 깃들고 있다
그런 그를 바라보는 일은 고문이며 심장은 금방 갑갑
해 오는 것이다

어느 날의 퇴근시간처럼 — 꾸역꾸역 사람들을 삼킨
전철이 넘어가는 해를 뒤로하고 어두워지던 시간. 생지
옥철 안에서도 그녀의 심장은 마지막 붉은 색을 뽑아내
는 노을과 함께 타고 있었다. 오직 한가지에만 몰두해
있는 진정되지 않는 호흡으로 그녀 자신 전체가 흩어지
고 있음을 알 수 있었다. 문득, 그런 자신을 생각하니
피식피식 웃음이 나왔다. 전철은 그새 내려야 할 역에
멈추었다. 동시에 약속이라도 한 듯이 거리로 쏟아지는
사람들, 기계처럼 느껴지는 무리들을 무사히 피해 약속
장소에 다다랐을 때 바람은 조금 더 차갑게 불었다. 누
군가에게 건물의 이름을 확인하는 사이, 그가 저 멀리
에서 걸어오는 것이 보인다. 긴 다리와 깔끔한 정장. 차
분하면서도 환한 그의 표정을 보는 순간 그녀의 가슴 어
딘가가 뻐근해진다.

환희와 희열을 가져다주는 것들로 그녀는 고통 받고 있다

그의 몸에 조금이라도 그녀의 손이 닿기를 간절히 바
라는 것

그러나 전시장의 그림이나 조각품처럼

멀리서 바라봐야 하는 슬픔을 언제까지 감당할 수 있
을지 모른다

가까이서 그의 숨소리를 느끼고 그만의 체취를

몸 어디에라도 담고 싶은 간절함으로

그녀는 아무것도 할 수 없다

그녀는 오늘 그녀에게 허락된 용기를 모두 끌어 모아

그곳에 앉아 있다

역에서

피할 곳이 딱히 없다

옷이 다 젖기 까지는 오래 걸리지도

많은 비가 필요하지도 않았다

문이 열릴 때마다 바람이 세우고 사람이 내린다

작은 꽃잎들이 계단 위로 떨어질 때

가쁜 숨이 치마 속 다리 사이로 빠져나갔다

시간은 더 어두워졌지만

검은 것은 더욱 검고 흰 것은 더욱 희다

그가 젖은 채로 조용히 왔을 때 슬픔으로 배가 불렀다

가끔 자전거를 탄 사람들이 지나가고

운동 하는 사람이 지나가고

그냥 우리처럼 걷는 사람들도 지나갔다

저 도시의 불빛들이 슬퍼 보인다고 했지? 난 너에게서 보이는 불빛이 슬퍼. 그 불빛에서 느껴지는 사랑이 슬프고, 그윽한 곳에서 우러나오는, 내가 감당할 수 없는 그 것이 아파. 그 아픔마저 난 빨아들일 거야. 돌아서면 아련한 년. 넌 그런 년이야. 나쁜 년.

몇몇 장면들이 지나갔다

무엇을 취하고 버려야 할지 모를 그림들이
집으로 가는 길이었다
그러나 집으로 가는 길을 알 수가 없다

그때, 우리는

몇 개의 터널을 지나가는 동안
폭설을 녹인 살덩이를 생각하고 있었다
누구의, 무엇의 살이었는지
뻐근하게 풀리는 길들이
호흡을 조정하고
모든 말을 가둔 것처럼
터널이 끝나지 않기를 얼마나 바랐던가
서로의 옷을 바꿔 입은 단어들이
이 입에서 저 입으로 옮겨 다녔지만
전염은 아니었다
입술 사이로 더운 숨이 짧게 지나갔다
해가 지고 있었고 시간이 없었다
그 때라고 해야 할지, 여전히라고 해야 할지,
끝까지라고 해야 할지
앙상하게 바라보던 그 찰나가
우리를 떠나 어디로 가는지
서로 다른 시간을 어디에, 어떻게 가두었는지
굳이 확인하지 않았다
아무것도 남지 않은 행간 사이에서
우리는 간신히 빠져나왔다

누군가 잠들었을 때

사내의 진정되지 않은 심장 박동이 여자의 왼쪽 어깨를 연신 두드린다. 아니 여자의 어깨를 압박하며 누르고 있다. 잠시 나이가 사라질 때 사내는 한 번도 느껴보지 못한 경이로운 아픔을 느꼈다. 그렇게 쓰러져 있다. 쉬는 건 아니다. 여자는 조용히 일어나 담배를 물고 싶지만 어깨에서 느껴지는 사내의 심장고동에 사로잡혀 그 소리를 더듬고 있다. 심장을 향해 죽을 힘으로 모여드는 사내의 뜨거운 지문이 불덩이 같다. 대부분의 삶이 그랬을 것이고 배설된 노동은 드디어 지쳤다. 갈 곳이라고는 유일하게 남은 순수한 육체. 서로 닮아가던 먼 여정에서 사내와 육체가 만나는 지금 피곤한 한 때, 그 모든 것들이 어디로 가는지 가만히 듣고 있다. 사내의 등과 허리, 아직도 들썩이는 그의 쇄골 뼈를 부드럽고 조심스럽게 쓰다듬는다. 거추장스러운 것이 하나도 없는, 강인하고 섬세한 피부, 그 아래 감추어진 슬픈 구조물들의 단절과 타협, 보안과, 고집으로 맥박을 재는 일이 문득이나, 갑자기는 아니리라. 뜨겁게 육체를 내어주고 육체로부터 자유로워진 몸은 거대한 울림통이 되어 한 번도 내보지 않은 소리를 지르고 있다. 하루의 어둠이 방안으로 가득하다. 따뜻하다.

2부

지금은

안부

나를 젖게 하는 것

어둠 속에서

눈썹을 정리했다

때

그런 날

못 본 듯이

추행

노을

바람 불고 하늘 높고

가을 근처 – 청계산에서

첫 눈

사라진 연골

무심히

지금은

진 꽃 사이로

저무는 해를 바라보며 끝까지

의연하게 붉게 올라온 참꽃이

그림자가 되는 시간

가는 사람들, 멈춘 사람들

제 그림자에 밟혀

두려워진 은총과 사랑

안전해지고 싶은 것들이

이름을 짓지 못한 시간쯤이겠다

안부

비로 젖은 땅이 참 예뻐요

무엇을 심어도 순하게 맺겠지요

향기에 또 향기 어지럽겠지요

지평선 멀리로 가득하고

하늘 문득 그립고

그렇다고 쓰지도 못하는

목소리 한 줄인데요

풀내 흙내 바람이 좋다고만

서둘러 접어놓고 나니

갑자기 배가 고파지네요

나를 젖게 하는 것

바래고 짙은 낙엽에서 맡아지는 잘 마른 오줌냄새가
첫 경험 후 한동안 몸에서 떠나지 않던 피 냄새는
술 취한 다음 날, 닦지 않은 입에서 나던
시큼한 사과 냄새에
아니,
사랑을 끝낸 후 그의 페니스에서 맡아지던 과자 냄새가

어릴 적, 더 어릴 적
한겨울 베란다에서 맨몸으로 벌서던 기억
완강하게 버티던 한기에서 따뜻한 물체로 만들어주던
살 냄새 다름 아닌, 악취가 될 수 없는
배설이 그렇다는 것이다

어둠 속에서

막차 만원버스 손잡이에 기대어 가는 이 어둠은
그대 잠든 깊은 이마에 닿아서야
멀리 줄지어선 가로등 불빛처럼
내 하루가 환하게 닫히는 것인데요
온전히 내게 스미어 점점 나를 지우면서
그대의 꿈 언저리로 시간을 세우는 것인데요
별은 더욱 빛나기도 할 테지만
달빛은 또 은은하기도 할 테지만요
슬픈 약속을 떠올리기도 전에
무수히 씻어내는 차창의 빗물인 냥
나를 밀고, 밀고 가서는
그대의 속잠을 덮어주는 일말이에요
따스하고 고요하다는 것이
그렇게 아프다는 것을 새삼 알았던 것인데요
사람 말고도 버스에서 흘러나오는 노래로
풀지 못하는 울음까지 꽉 찬 막차는
그대, 낮은 잠을 비껴
소리 없이 그대를 지나고 있는 중이예요

눈썹을 정리했다

갈수록 기록되지 않은 날들이 수북해지고
그저 하루 해 지는 모습을
작은 창을 통해 보는 것으로도 충분한
안과 밖
붙잡는 순간 나를 떠나는 의미들

오늘은
눈썹 같은 까만 새떼들이 꽃씨처럼 보인다

때

연꽃 한창 물오르다

겹겹이 꽃잎을 열고 들어가 앉아보고 싶었다

그런 날

보리밥 된장 고추 상추 막걸리
광주리 가득 새참을 담아
물이 가득한 논과 논 사이를
마냥 걸어가고 싶은 날
멀어질수록 지표가 되는 날
나무처럼 서서 잎처럼 숨 쉬고 싶어지는 날
끝도 없던 가슴의 밑이 보이는 듯
녹음 한가운데로 바람은 불고
밀면 밀수록 밀리는
열면 열수록 열리는
맞추면 맞출수록 맞쳐지는
점점 그러다가 녹아져서
밥인 듯 고추인 듯 막걸리인 듯
흔들흔들 흥얼흥얼
바람과 잎이 섞여 추는 춤
취하고 또 취해서는
좋으면서도 그렇게 못하고
아프면서도 또 그렇게 하고 마는

그렇게

광주리 가득 새참을 담아

마냥 걸어가고 싶어지는 날

보리밥 된장 고추 상추 막걸리

못 본 듯이

피는 걸 못 보고
지는 봄을 봅니다

누구 가슴에 핀 꽃이
고작 찾아 든 담벼락 아래

못 본 듯이
지고 있습니다

추행

예측한 때에
꽃이 피기도 하지만
누구도 증상이라 말하지 않는다
정확히는
몰래 상한 꽃잎들
허우대만 멀쩡한 사람처럼
벌건 대낮에도 은밀히
내 허벅지를 가늠해보고 있다

노을

이쪽 끝에서 저쪽 끝까지

마음이 벗겨지는 염병할

점점 어두워지는 하늘에도 길이 있어

고단하게 가는 것들

비스듬히 눕는 것들

멀어져서 더욱 그리운 것들

발목 잡지 말라고

꿈꾸지 말라고

가볍게 사라지는 것들

아니지, 아니지

괜찮아, 괜찮아

밤이 되어버린 혼자

말 못하는 년같이

입술을 물어뜯는 지랄

따져봐야 소용없는

숨이 끓는 목구멍에서

그저, 울먹울먹

바람 불고 하늘 높고

어지러운 문턱

시월 대문 감잎 질 때

끊어버린 농주 생각

소원해진 그대 생각

울긋불긋 먼 산 보네

가을 근처
– 청계산에서

왜 그렇게 되었는지 모릅니다
무엇이 와서
무엇으로 우리가 되었는지 모릅니다

거슬러 묻기 전에
몸과 마음의 구별이 사라지는
그 근처
숨길 수 없는 숨소리가 길을 지웁니다

더 깊이 숨고 숨어들었지만
감이 익고 농주 짙은
수줍은 나무 아래
그 마을입니다

거기까지
낯빛 하나 가질 수 없고
머물 수 없는 바람이라
차라리 다행입니다

첫눈

보고 싶었습니다

그처럼 멈춰버린 세상에서

그리 작정한 것도 아닌데

막상 할 말이 없습니다

그래도 좋습니다

사라진 연골

너로부터 떨어진 아픔이
환하게 드러나 진짜 아파 버린 후엔
이미 어떻게 해 볼 도리가 없는
앓던 곳을 도려내고 나서야
너는 내 몸에서 더욱 세밀하고 선명하고
그 전보다 더 한 몸 같은 일

갑자기 들어난 비밀은
가장 취약한 곳이 어딘지 잘 아는 것일까
장기들의 침묵이 하나 둘씩 깨지는 때
현실이 된 육체는 낯설다
상실된 기능은 더 이상 은밀한 꿈이 아니다

펴는 일도, 굽히는 일도, 가고, 서는 일도
당최, 맘대로 안 되는 이 작은 혼돈
너에게로 향하는 한 걸음 한 걸음이
아직은 무겁기 만한 나는
땅을 처음 밟아보는 사람처럼
걸음을 연습하고 있다

그렇게 너의 부재를 채우고 있다

무심히

꿈이 맞아 입술을 맞추었는지

입술이 맞아 꿈이 맞았는지

아무것도 모르던 때의 일들이

젖은 채 말없이

창 밖 먼 곳에 앉았다 가네

3부

없는 얼굴

시인의 아침

봄

모텔에서

증상 1 – 숨죽임

증상 2 – 낙화

쑥떡

어떻게 할 수가 없다

나비의 숲

몸살

남자와 잡상인

아서라, 아서라

대학로 학산에서

미뤄두기

첫눈 풍경

없는 얼굴

벽을 타고 바닥으로 흘러내리다 굳어져 버린 고철덩이
도 그보다는 부드러울 것이다. 그의 콧구멍에 손가락을
대보지 않고서는 공기가 그 속으로 들어가고 있을 거라
고는 생각할 수 없다. 바닥으로 힘없이 뻗어 있는 두 다
리는 미동도 하지 않는다. 배에 물이 가득 찬 것인지,
지방덩이인지 부풀대로 부푼 배는 몸통에서 떨어져 나
와 독립적으로 볼록하게 솟아 있다. 죽은 듯 사지가 풀
어진 채, 절대 떼어낼 수 없을 듯이 벽과 바닥 사이로
껌딱지처럼 늘어져 붙어 있다. 진짜 죽었는지도 모른다.
얼굴이 없다. 무수한 신발들이 그의 앞으로 지나가지만
누구도 그를 보지 않는다. 멈출 줄 모르는 편의점 자동
문은 곯은 배처럼 입을 수시로 벌려대고, 퇴근길 막판
상술이 쩌렁쩌렁하게 울려대는 지하 백화점 입구는 마
중 나온 친구처럼 화사하다. 죽었거나 죽어가고 있는 자
의 불길하고 불편한 '없음'이 나와 그들을 비켜가는 것은
다행스러운 일. 몇 초만 지나면 방금 지나쳤던, 복구가
불가능한 작은 폐허는 생각도 나지 않을 것이다. 나 하
나쯤 피하는 데는 공간은 충분히 넓고 화려한 불빛으로
가득했지만 관 속이거나, 땅 속이거나, 두 손으로 흙을
파내야할 것 같이 앞이 캄캄해지고 현기증이 일었다. 갑

자기 소경이 된 것 같다. 어딘가에 부딪치면 어쩌나 하
는 불안은 빠른 내 걸음을 멈추게 했고, 나는 백화점 큰
유리문 앞에 멈춰 서야만 했다. 완벽하게 무시되고 있
는 거대한 어둠의 장례와 들리지 않는 비명, 목에서 떨
어져나간 얼굴과 머리통이 여기저기 굴러다니고 아무렇
지도 않게 발에 걸린 머리통을 차고 다니는 사람들의 형
체가 흐물흐물 녹아내리는 공간에서 벗어나기 위해 온몸
에 힘을 너무 준 탓에 한 발 한 발을 떼는데 많은 집중
이 필요했다. 마지막 계단에 올라섰을 때 나의 등은 땀
으로 젖어 있었고, 힘이 다 빠져서 외출의 목적이 무엇
이었는지조차 까마득하게 잃어버렸다. 살아남았다. 아
무것도 먹을 수가 없다.

시인의 아침

모 일간지 '시가 있는 아침'을 읽는다. 유서도 쓰지 못하고 아팠던 밤새, 이마를 짚어주던 사랑하는 이의 곤한 잠을, 그이의 별을 만지는 게 그렇게 좋았다던 시인의 '꾀병'에서 내 이마를 내가 짚어보고 악몽 중에 스미던 물기들을 떠올리며, 시인처럼 나도 끝내 쓰지 못한 유서를 생각했는데, 그 유서 옆에 유서 따위 집어 치우라는 듯, 섹스 자주하라는 기사. '섹스 자주 하는 사람 돈 잘 번다'라는 활자만큼 내 눈도 따라 굵고 커진다. 주 4회 이상 하는 사람은 그렇지 않은 사람보다 임금을 5% 더 많이 받을 뿐 아니라 당뇨병, 심장병, 관절염, 우울증, 외로움, 사회적 불안이 더 적고 건강해지고 행복해진다는데, 그래도 그렇지 주 4회는 미친 짓이다 생각하면서도 나의 문제가 섹스인지를 생각하고 있다.

불안과 파괴, 난폭과 욕망의 섹스가 어떻게
행복을 안정적으로 이끌고
돈과 맺어질 수 있는지를 생각하다가
안정적인 섹스를 섹스로 여겨야 하는지를 생각하다가
이제라도 밤에 시 말고
섹스에 관심을 가져야 하는지를 생각하다가

'섹스 자주 하면 시 잘 쓴다'
뭐, 이런 연구 결과는 없나를 생각하다가
시를 쓰는 이에게 안전은 곧 사형선고
유서를 쓸 때일지도 모른다는 생각을 하다가
시인의 꾀병에서 자란 그리움은 어느새 섹스에 묻히고
섹스가 시보다 무겁고 어려운 아침

봄

지난겨울 내내 그의 목발은 부러진 채였다
이른 출근시간 정류장 옆 쓰레기더미 속에서
쓸 것만을 구별해내던 능숙한 손놀림과
등 뒤로 꽂히는 시선쯤 다 읽는 듯한 무표정
잃을 것이 많은 사람들의 근심은 찾아 볼 수 없다
다리가 성한 사람만 미끄러지던 빙판길은
잘려나간 다리보다 더 편한 발판처럼 보인다

거대한 유배지에서
시간이 남는 오후에는
떨리는 몸과 손을 가누고
혹, 자서전을 쓸지도 모른다
겨울 햇살이 굵고 가는 곳마다
이미 오래전에 죽었음직한 피부들이
저절로 드러나는 가끔
밖이 그리워지기도 하겠지만
금방 지웠을 거다
추위를 당겨오면 꿈틀거리던 목숨
언제 폐지가 되었는지도 모르는 후회 따위는
아무리 쌓아도 돈이 되지 않았겠지만

그의 공간이 가득한 이 아침
거슬러가는 세월,
나는 무엇을 기다렸는지 까먹고 만다

영영 녹을 것 같지 않은 빙판길을
오늘은 그가 저 멀리서 유난히 빠르게 온다
시선이 마주친 적은 없지만
그의 새 목발을 보는 순간
표정이 아주 없는 것은 아닌
전부 같은 숨소리,
아무 일 없이 지나가는 하루와
무사히 잠들 던 밤의 생의 안도감,
뜨거운 입김으로 가득한 그의 얼굴은
이미 봄이다
자꾸 흔들리면서도
단순한 바람이 지켜주던 생이었을지 모른다

모텔에서

늦은 밤 가끔씩 방문 열리는 소리가 들리고
어떤 방에서는 기침 소리
다른 방에서는 남녀의 깊고 불규칙한 신음소리
소리, 소리들 사이로 조용히 비가 내리고
빡빡한 내일 일정을 생각하면 어떻게든 자둬야 하지만
좁은 방안 허름한 가구 위에 놓인 일회용 칫솔과 면도기,
콘돔과 휴지, 샴푸와 수건, 드라이, 식당 전화번호가 적
힌 종이,
벽에 걸린 티비가 나를 바라보듯 나도 그것들을 가만히
응시하고 있다
방안의 큰 거울 뒤를 살핀다
혹, 그 뒤에 나를 볼 수 있는 어떤 장치들이 있는 건 아닐까
이 방에서 눈요기가 될 만한 섹스를 할 일은 없지만
문득 조금 전 거울 앞에서 알몸으로 춤을 춘 것이 생각
났기 때문이다
나도 모르는 사이 나의 몸이 언제라도 세상에 떠돌 수 있
는 세상에서
편히 잠을 잔다는 것은 오히려 이상한 것인지 모른다
움직일 때마다 낡은 침대의 스프링 소리가 거슬린다
불이 난다면 무엇을 챙겨서 나가야 할까

다른 건 몰라도 핸드폰과 지갑

팬티는 안 입어도 바지와 티셔츠만은 꼭 입어야겠다는

별걸 다 걱정하는 잡념은 불면의 부작용이리라

사람은 없고 기계만 있는, 마음은 없고 기술만 있는

사람이나 물건이나 금방 싫증 나는 세상

그러나 언제든지 새로운 것으로 바꿀 수 있는 세상

그 세상이 싫어 티비를 끄고 싶지만 아주 깜깜해져

버릴 불안을

뜬 눈으로 견딜 자신이 없어 그냥 두기로 한다

냉장고를 열어 생수를 마신다

작은 창으로 들어오는 비 냄새,

젖은 흙냄새가 채우는 몸이 팽팽해진다

모든 것의 마찰이 축축해지는 지금

어둡지만 땅 속 어딘 가에서 꿈틀거리는

가려움이 내게도 전해지고 있다

세상이 그만 좋아졌으면 좋겠다

증상 1
– 숨죽임

자목련
아랫도리 뒤집어지는
뜨거운 봄날
손과 발은 얼음처럼 차다
커피를 마시며
읽고 있다
애초에 없었던 것처럼 있는
있음에 대해
그런 정적에 대해

증상 2

– 낙화

모든 것

피워내는 것만으로는

충분하지 않았던

충동

쑥떡

생긴 것도 별 것 없는 년이
단 맛도, 쓴 맛도 없는 고 년이
한겨울 언 땅에
조막만한 가슴을 녹인 것을 생각하니
오물조물 맛깔나게 씹을 수 없다
얼마나 작은 틈으로 숨을 골랐을까
무엇도 성장할 수 없을 것 같은
어둡고 습한 기억, 멀리까지
꿈으로 키운 실뿌리, 잔뿌리
욕설조차 버릴 수 없던 바닥을 생각하니
아무 맛도 나지 않는 그 년의 맛이라는 것이
질기기만 할 것 같아도
내 혀를 감고 놓아주지를 않는다

성에가 낀 몸도
입술에 닿으면 그새 생기가 돌고
금 없는 쪽빛 짙은 하늘
싸한 향에 눈을 감고 있자면
늙은 서방의 계집질도 그러려니 하련만
니미랄, 염병할, 니미랄, 염병할

한 계절, 들로, 숲으로
미친년처럼 돌아다니며
가슴을 뜯듯 쑥을 뜯어낸
내 어미의 사랑을
아니, 평생의 헛 지랄을
맛있다고
아! 이 맛이라고 지껄일 수 없다
그래서 다들
식혀야 제 맛이라고 했는지 모를
아까워 남 못 주고
내게로 와 목에 걸리는
고 년

어떻게 할 수가 없다

수치스러운 소문은 빠르게 녹이 슬겠지만
촌스러운 파란 슬래브 지붕을 다정하게 떠받치고 있는
칠이 다 벗겨진 철 대문
살아남은 위엄이 생의 유머가 되지 못하는 쩍쩍 갈라
진 틈에도
당당히 버팀이 되고 있는 휘어진 담벼락
그 아래 작은 풀꽃들은 저들끼리 돋아서
낡은 골목이 자잘자잘 풍성해지는 일
옹기종기 모인 빈약한 텃밭에도 생기가 돌아
기다릴 사람 없어도
몰래 우는 가장 평화로운 순간에
말을 잃어버린 그즈음 서로 반가운 일
가던 길을 멈추고
담벼락 아래 버려진 의자에 앉아
한나절 볕에 등을 내어주고
무심히 동네 똥개와 놀고 싶은 일
오늘 하루만 게을러져서
흐드러지게 소중해지고 싶은 일

봄에는

너무도 사소한 것들을 향한
불 일듯 일어나는 사랑을
어떻게 할 수가 없다

나비의 숲

1

아이들이 한때로 몰려가 빙 둘러서서는 한 쪽씩 잡아떼고 있었다. 아니 찢어내고 있었다. 울음소리는 들리지 않았다. 파란 색이었지만 그 어떤 것도 흘리지 않았다. 몸이랄 것도 없는 몸통과 더듬이만 남았다. 그처럼 생생하게 목이 조여 오는 공포에서 달아나던 작은 숲길로 거대해진 날개가 쫓아오면 더 빨리 도망치기 위해 허공으로 헛발질을 했다. 그때만큼은 강하고 빠른 날개를 갖고 싶었다. 악몽이었다. 삶이나 악몽이나 별 다를 게 없는 시절이었다. 그 후로도 날개는 생기지 않았다.

2

그를 피해 달아나던 때를 그도 생각하고 있는 것인지, 있는 듯 없는 듯, 날개도 접고 내가 놀랄까 더욱 숨 죽여 앉아 있는 폼이 오래 전부터 거기에서 날 보고 있었음이다. 두려움이 길을 밝히는 꿈에서처럼 그와 내가 조심조심 마주 보고 있는 마음이 창백해지는 이 한순간, 칼날 같은 햇살에 베인 숨소리로 가만히 그의 아픈 날개에 손을 대 보리라. 내 깊은 광기를 욕망으로 살게 할 슬픔을 찾아 얼마나 많은 우연과 놀라운 찰나를 헤매었으랴. 그 육체의 모든 주름과 무늬와 빛깔로 견디는 것은 서로를 단념해야 하는 일조차도 황홀하게 날고 싶은 아토포스일까. 그의 잠복이 부드럽고 깊을수록 나는 더욱 가벼워지며 초췌해지며, 그의 몸 어디에서 나의 기억을 이어야 할지 오래 전 찢겨진 그의 푸른 날개로 향하는 떨리는 손을 더듬이가 찾아내었을 때, 고통은 그를 통과하고 빛처럼 또 나를 통과하고 사랑을 넘어야 하는 지점에서 유년의 장례를 치루고 나면 그와 내가 동시에 전율하며 돋우는 날개, 푸른 날개를 보리라. 아! 그렇게 나 슬픈 욕망으로 도달하려 했던 또, 사랑이여! 끔찍하게도 나는 그와 날고 있음이다.

3
놀랄만한 반전이 그대와 나의 것이 아니듯
크게 달라지지 않는 하루, 또 그 하루로 노을이 진다
숲은 어둠 속에서 더욱 깊어진 향기
그대는 거기 그쯤에서, 나는 여기 이쯤에서
마음의 모든 의혹이 봄눈 녹듯 사라지는 꿈으로
날개에 날개를 깁고 바람에 바람을 잇고
강물이 강을 밀고 가는 마음을 산다고 해도
물에 비추인 나를 보듯

나를 넘어 다시 그대를 비추는 이것
전생에 나는 그대의 날개였는지
그대는 나의 슬픈 눈동자였는지
숲이 배설하는 침묵이 내 하루치의 노동이라 해도
사랑이란 말이 그대와 나를
다 말 해주지 못한다는 것은 참으로 다행이다
숨이 목에 걸리면 몸은 거침없이 숨을 뱉어낸다
더 이상 달아나는 일은 없다
조용히 몸을 고르고 피가 돌 듯 숨이 돌고서야
제 몸을 숨기는 공기처럼
나를 울게 했던 내 목소리로 그대를 불러보고 싶다

몸살

결국
입술까지 옮아서
여기 저기 물집이 생기더니
곪아 터지고
흉하게 되었다

병원도 가지 않고
끙끙
끝까지 앓아내는 내내
몸이 살아내려는 짓
몸살

시원한 것이
통쾌한 것이
미련한 듯한 것이
단단해진 듯한 것이
그 성질머리를 보는 듯이

남자와 잡상인

　나른한 잠이 밀려오는 남자의 뒷목으로 유월의 햇살이
따가운 전철
　팔아야할 물건으로 가득한 큰 가방의 무게보다 이 하루
가 더 무거운 잡상인
　영 듣기 거북스러운 잡상인의 갈라지는 쉰 목소리가 남
자의 밀려오는 잠을
　방해하는 순간

　여! 여! 아저씨! 조용히 해주세요!
　예! 예! 곧 끝납니다

　그러나 끝나지 않았다
　그렇게 두 정거장을 지나고

　시끄럽다고!
　간다고!
　시끄럽다고!!
　간다고!!
　시끄럽다고!!!
　간다고!!!

드디어 다음 칸으로 넘어가는 잡상인의 마지막 말

"마누라가 밤에 잠을 안 재웠나 우씨!~~"

"하하하"

여기저기서 들려오는 웃음소리

　잔인한 유월의 햇살은 잠이 다 달아나버린 남자의 얼굴로만 쏟아지는가!

아서라, 아서라

늦도록 들어오지 않은 식구를 기다리다가
새벽 내내 온 집에 불을 밝혀 꿈과 잠 사이를 오가다가
시인의 '고운야학孤雲野鶴의 시를 위하여'*를 읽다가
시를 생각하다가, 마음을 생각하다가
동이 터오는 그제야 들어오는 식구를 향해
한바탕 퍼부을 생각을 하다가

아서라
창밖으로 듣기 좋은 가을 비
애써 상해 망칠 게 뭔가
우산을 쓰고 콩나물을 사러 가네

어릴 적 기억에
사람이 사람 말을 들어 처먹어야 사람이지
소 새끼, 말 새끼 하시던 할머니, 어머니의 말씀이
어쩜 그렇게도 딱 맞는 말인 줄
욕도 때가 되면 절로 입에 붙는가
중얼중얼 국을 끓이며 생각하다가

아서라, 아서라

가을처럼 깊은 식구 코고는 소리
쉬 깨울 수 없어 그 소리를 따가는 날
집안으로 퍼지는 콩나물국 냄새

간은 제대로 되었다

* 홍해리 시인의 '고운야학孤雲野鶴의 시를 위하여'에서 인용

대학로 학산에서

스러져가는 노을 앞에서
눅눅한 여름의 바람과 물기를 가늠하며
마음만으로는 따라잡을 수 없는
빠른 걸음들 속에서 혼자가 되었을 때
매혹적인 창밖 불빛이 분명 내 것은 아니었지만
젖어있던 달의 유혹은 내 것이었을지도 몰라요
월광도 놓치고
미샤 마이스키도 놓치고
보면서도 놓치는 순간에는
아무것도 모르게 발목 가까이
문지르고 싶은 피부를 생각하다가
새 길을 내느라 사라지는 무덤을 생각하다가
무덤 곁에 뽑혀버린 진달래를 생각하다가
끝이 없을 것 같은 전봇대 전선을 생각하다가
전선 어디쯤엔가 그리운 사람
작은 창 흔들리는 불빛도 있는 것인지
막차를 놓치면 그제야 보이는
어둠 속에서
한 계절 시끄럽게 우는
여름 벌레가 되고 싶은 거예요

미뤄두기

최근에서야
딸년이 시를 쓴다는 것을 안 어머니
딸년의 시를 보고 싶다고

그러나
돈만큼이나 독한 어머니를
자식 때문에 견딘 미련한 어머니를
끝까지 사랑한 슬픈 어머니를

늘 그런 어머니를 떠나
묻고 싶지 않은 길 위에서
풀 냄새 짙은 바람이 되고 싶었던 나를
보여드릴 수가 없다

첫눈 풍경

폭설로 두 시간 동안 길 위에 갇혀 있던 버스가
역 부근 정류장에 다다르기 전
나는 다른 사람, 다른 장면을 생각하고 있었다
질서 있으면서도 격렬하고 치열하게 타오르는
차창 밖 폭설에 내 영혼을 맡기던 때였으며
모든 것에서 단절된 우연으로부터 시작된 혼돈이
진실을 가리지 못한 때였으며
그렇게 강하지 않아도 되었지만
비정상적으로 강해져서는 괴물이 되어가던
우리에 대해 흐릿하게 웃음 짓던 때였으며
갑자기 소멸되고 식어버리는 것에 입김을 불어대며
셈을 치르던 꿈이 영수증처럼 버려지던 때였으며
그보다 더 적절할 수 없는 타이밍에
누군가의 손바닥에서 감쪽같이 녹아 사라지는 신성함이
은밀하고 불길한 욕망에 흥정을 걸어오던 때
아! 그러나 그 모든 것들이 애물단지가 되던 때였으리라

완고한 눈썹, 하나같이 메마른 피부
그 어떤 것도 스며들 수 없는 딱딱한 껍질
깎기고 페인 빈약한 턱선

믿음이 빠진 눈빛에서 시작되었을 식별이 어려운 가난
의 얼굴들

사철 겹겹이 한 몸에 두르고 공중화장실 외벽에 껌처럼
눌어붙은 노숙자와

따스한 밑바닥에 몸을 녹이고 싶은 것 외 간절한 것이
없는 쪽방 노동자,

어린 딸과 간질의 남편이 기다리는 열 평 감옥에서 국
적마저 잃어버린

이주민의 손가락에 걸린 봉지, 봉지, 검은 뭉텅이로 떨
어지는 눈은

그들의 빛없는 눈만큼이나 폭력적이고 악의적이다

갇힌 사람들

눈은 꿈이 되지 못하고 꿈은 악몽의 빙판이 되었겠지

미끄러지거나, 꺾이거나, 깔리거나

"야! 뒈질라고 환장했어! "

가난을 실어 나르는 운전사의 욕설이 폭설과 함께 흩
어지는 날

시체놀이를 하는 듯, 눌러 쓴 모자 속에는

욕망이라고는 찾아 볼 수 없는, 가끔씩 깜빡이는 눈이 있고
갇혀서야 제대로 보이는 비극도 공짜는 아니다
백화점 화려한 전등만큼이나 환하게 보이는
죽은 것들과 죽어가는 것들의 광장
지옥의 한 귀퉁이에서 꼼짝할 수 없는 육신들이
서로를 막고 서서
금속처럼 쌓이는 성가신 눈을 태연히 맞고 있다

4부

섭식 장애

바기오 시편 – 운 좋은 날

바기오 시편 – 찌푸니 1

바기오 시편 – 찌푸니 2

바기오 시편 – 사라진 통증

바기오 시편 – 너무도 현실적인

바기오 시편 – 새벽, 고요한 중에

집 없는 여자들 – 42병동

그때 – 수술실

비슷하다

안면도 꽃지

빛

그러고 있자면

꿈에

소품

섭식 장애

따지고 들자면 여러 가지 이유를 붙여야 할 것이다
내용물이 문제였던 것은 아니다
원래 불량했던 것도 아니다
속도를 의심해 볼만은 했지만
무의식은 이미 속도를 앞서가고 있었던 것

벗고 씻고 닦고
물고 씹고 삼키고
순서와 격식을 차리는 일은
시대에 뒤떨어지는 일인 냥
쿨 한 척 단숨에 먹어 치운 것은 아닌데
보물섬 지도가 바뀔 때마다 닥치는 대로 먹었을 것이다

기형이 된 장기의 펼 수 없는 이력이
그 어딘가에 걸려
욕망과 슬픔을 부추기는 순간
소화할 수 없는 불량한 사이에 대해
속이 편해지기까지
삼키지도, 뱉어내지도 못하는
하루 내내

바기오 시편
- 운 좋은 날

하루 반나절이면 족한 페인트칠을 일주일째하고 있다
지체되는 시간만큼 일당이 늘어나는 것
지구 어디나 시간은 돈이다
며칠 전 주방 개수대에 물이 새는 것을 자기 일처럼 꼼
꼼히 봐주던 이들
가진 것 없는 이들이지만 자기 일에는 소신과 자존이 있다
검은 얼굴에 선한 눈빛을 가졌다
매일 마주치면서도 그가 담배 피우는 것을 보지 못했는데
종종 담배 피는 나와 눈인사를 나누던 그가 담배 한 개
피를 청한다
하루 임금 120페소 담배 한 값 70페소
하루 임금에 비하면 담배는 사치일지도 모른다
인부들에게 너무 잘해주면 안 된다는 말도 들었지만
장보고 돌아오는 길에 담배 네 갑을 샀다
계단에서 마주친 그들에게 담배를 건네며
페인트 색깔이 예쁘다고 인사를 한다
뜻밖의 선물에 놀라면서도 기쁘게 받는다
낯선 나라에서 처음 보는 사내들과 담배를 나누어 피
고 있다

바기오 시편
– 찌푸니 1

버스라고 하기엔 한참 궁색하다

15명 남짓 타면 꽉 찰 것 같은, 그러나

들어가도 또 들어가지는 난간에, 발판에

잡을 만한 곳이면 어디라도 매달린 사람들

검은 매연과 날리는 먼지에 코를 막고

곡예처럼 간신히 잡고 있어야 하는 균형은

서울을 떠나오면서 버리고 싶던 것이었는지 모른다

매달린 이들의 위험이 습관이 된지는 이미 오래

운전 중에도 기사의 손가락 마디마디에 꽂혀진 지폐는

점점 낡아가는 사람과 집 마냥 바래었고

생명 수당으로 지불되는 시간만큼 쌓여가는

부채상환통지서와 각종 고지서처럼 정확한 셈으로 당
당하다

좁은 곳일수록 생존은 번뜩이며 피가 고이지 않는 칼
날과 같다

딱히 정해진 정류장은 없다

그저 '빠라~*'라는 소리에 멈추고 멈추는 곳에서 내린다

바퀴가 다시 덜컹거리며 출발할 때서야 내릴 곳을 놓
쳤음을

목구멍에서만 맴돌 뿐

'빠라~'를 외치지 못한 입안이
내용물도 없이 풍선처럼 부풀어 오른다
나는 이제 어디에서 내릴 것인지 생각 중이다

* '세워주세요' 뜻의 필리핀 말

바기오 시편
– 찌푸니 2

앞자리는 비워둔 채 모두 뒤쪽으로 몰려 앉아 있는 이유

정확히는 찌푸니 기사 근처로 앉기를 꺼려하는 이유를

며칠 전 M으로부터 전해 들은 바로

가장 멀리 앉아 있는 사람의 요금은 사람에서 사람으로

건네져서 기사에게로 전달되고

거스름돈도 다시 손과 손을 통해 당사자에게 건네지는

것이니

가장 앞에 앉은 사람은

계속 그 수고를 감당해야 하는 이유로 찌푸니는 뒷좌석

부터 채워진다는 것

외출 중에 찌푸니의 앞자리에 앉게 된 나는 장난기가

발동한다

옆의 부인이 건네준 버스 요금을 받아서 내 가방에 넣

으려는 시늉을 보이자

돈을 건네 준 부인과 본인의 요금을 건네준 여인의 눈

이 휘둥그레지며

알아들을 수 없는 말과 함께 손사래를 치며 버스 기사에

게 돈을 주라는 손짓을 한다

내가 기사에게 무사히 돈을 건네고 나서야 찌푸니는 한

바탕 웃음바다가 되었다

　찌푸니에서 내리면서 여인들과 반갑게 인사를 나누고
헤어졌다

　그때만큼은 몸으로 달라붙는 매연과 먼지도 이방인을 반
기는 이벤트처럼 생각되었다

바기오 시편
– 사라진 통증

비염은 거의 사라졌다
몸의 적응력은 놀랍다
상추와 작은 바나나가 저녁의 전부였지만
작은 알약 몇 개로 치통이 사라지고
고장 난 작은 기계를 교체함으로 샤워를 할 수 있다는 것과
간단한 식사 후 아껴 마시는 차와 잼을 바른 몇 개의 비스킷
시원한 배변으로 가벼워진 내장의 상쾌함은
베토벤 미사곡을 더욱 고상하고 풍성하게 해준다
간사함과 위선이 새벽에 보았던 별보다 아름답게 포장되
는 이 순간
사소한 것들로 향한 우주적인 축복이라니!
별똥별의 꼬리를 따라 밤은 빨리 지나간다
빨리 사라지기에 행복이라니!
시음해볼 수 없는 거래에서의 덤 같은 것이라니!
아무것도 담겨 있지 않은 천연의 웃음이라니!

바기오 시편
– 너무도 현실적인

그릇에도 신경이 있는지
조심스럽게 달그락거리는 소리는
쳐져 있는 발가락과 손가락을 깨우고
폭우와 바람에도 무사한 것들과 눈을 맞출 때
간밤엔 무사했니? 라고 중얼거리다
현실적인, 너무도 현실적인 것이
고독한 질문들처럼 높은 가지로 총총히 맺힌 이슬인지,
그 안에서도 한숨이 욕처럼 흘러나올지 모를
먼 숲 나무 꼭대기 아슬아슬한 새집인지,
안경을 써도 점점 어두워져가는 시력인지,
너무 자주 찾아오는 고갈로 무모해져 버린 광기인지,
신비스럽다거나 더더욱 선물은 될 수 없는
불균형과 모순이 니코틴처럼 혈관을 타고 도는 때
아름다움이나 저주 따위 상관없다는 듯
얇은 솜처럼 펼쳐진 구름 사이로 드러나는
짙푸른 하늘의 살결을 머리에 두른 채,
주말도 반납하고 하루치의 식량을 나르듯
 상점의 물통들을 조심스레 쌓고 있는 어린 소년들의 손
놀림과
 분주하고도 흥겨운 참새의 날갯짓이
 아침엔 좀 괜찮아졌니? 라고 들리던 때였는지
 모든 것이 생생한 꿈처럼 펼쳐지는 아침이다

바기오 시편
– 새벽 고요한 중에

이슬처럼 떨리는 별들이 피고 지는 새벽
대지 위에 선 발목처럼
마음을 세우는 신성한 시간에
어느 집에선가
오래된 불빛과 흘러드는 음악
원시림처럼 쭉쭉 뻗은 숲 사이로
손잡은 나무들과
겨드랑이로 스치던 바람이
개울의 허벅지를 간질이면
웃음소리 물소리 내 숨소리
고결한 존재들의 촉촉한 고백
귀가 푸르러지는 일에
어둠은 사방으로 심장을 실어 나르고
그리움이란 얼마나 얄팍한 단어인가
차라리 스커트 밑으로 들어오는
사내의 거침없는 손길이라고 하자
참여할 수 없는 의식에 기꺼이 제물이 되어
고요한 중에 저 멀리 사라지는 하나의 별이 되어
그의 가슴으로 깊어지는 또 다른 어둠의 이름으로
몇 광년의 시간도 필요 없는 찰나라고 하자

그래도 턱없이 부족한, 새벽 이 고요한 중에
반짝이고 반짝이는 일 외
더 할 게 없는 얼굴로
아득하게 눈 감는 중이라고 하자

집 없는 여자들
- 42병동

병실마다 피 주머니를 단 여자들이
혹을 떼어낸 여자들이
집을 허문 여자들이
핏기 없는 얼굴로 사라진 집 이야기를 한다
사라진 집에 빠질 수 없는 단골손님이란
오입쟁이 서방과 지독한 시집살이
전쟁과 피난보다 더 무서운 가난
물지게로 한쪽 어깨가 빠진 집은 축에도 못 낀다
어느 집이나 기적이 난무하고
지겹던 기적은 한순간에 사라졌다

자식을 더 나을 것도 아닌데 시원하지 머
그래도 419호실 시집도 안 간 처녀는 참 안됐지
이제 갈 곳은 한 곳 뿐이야
목소리 갈갈한 칠순의 여자는 조용한 나를 찬찬히 훑
어본다
허물어진 나의 집이 궁금했을까

오랜 세월 나를 키워온 것은
의사의 말처럼 종류며, 크기며, 그 성질을

간단명료하게 진단할 수 없는 혹과
혹을 지켜온 차디찬 집이었음을
냉기로 자란 딱딱한 것들은
다 그런 거지, 그렇게 되는 거지
아쉬워하다니 말도 안돼
집이 사라진 기쁨을 들키고 싶지 않다

장마는 멀었지만
천둥이 치고 비는 바람을 품었다
집이 없는 여자들은 한동안
무덤처럼 듣는 일에 익숙해질 것이다

그때
– 수술실

낯설지 않은 두려움

그녀처럼 차고 습하다

드라마에서 보던 수술대 위에

몸을 다 드러내놓고 누워 있다

혈관을 타고 달달한 약물이 들어오면

서서히 눈이 감겨오고

숫자를 세는 작은 목소리 사이로

한겨울 골목의 황량한 바람이 불어온다

죽어! 나가 뒈져버려!

점점 흐려지는 거친 목소리도 들린다

달 같은 해가 지하로 잠복하는 저녁 무렵이었고

짐승의 감각과 신경으로 어둠과 어둠속에서도 보이던

그림자들을 은밀히 염탐하던 눈동자에

서로 녹아 흘러내리는 사람들과 건물들이 고인다

잡아먹는 것 같기도 하고, 먹히는 것 같기도 하다

색이 없다

그러나 종종 시달리던 악몽처럼 선명하다

몸에 힘을 빼자, 그래, 순식간에 지나갈 거야

저주스럽던 감각과 신경은 곧 잠잠하게 되겠지

마취가 덜 돼서 여전히 아픔과 통증이 느껴진다면 어쩌지

아니, 나도 모르게 다시 악몽을 꾸고 오줌을 싼다면
아, 꿈 없는 잠에서 눈꺼풀이 영영 떠지지 않았으면
손목으로 따스한 손이 느껴진다
곧 잠이 들 겁니다
눈가로 가는 눈물이 흘러내리고 있었는데

비슷하다

이쯤 되면 남의 나이도 내 것 같은지
선뜻 흡연 구역으로 넘어와 불을 청한다
그녀 입술 근처에 불을 놓아주고
말없이 서로를 읽기에 충분한 한 개비
그녀도 시간과 약속 사이에 있는지 혼자다
머리에서 가슴, 엉덩이까지 이어지는
심플하고도 세련된 웨이브,
바람이 입고 싶은 몸을 지녔다
읽기는 쉬워도 담을 수 없는 눈동자,
포장할 수 없는 몸을
작은 파우치에 넣고 나면
붉은 슬립은 사자마자 헌 것이 되기도 하고
아무것도 아니거나, 전부이거나
더러 슬픈 비밀은 자판기 커피처럼
단순화되고 자동화되기도 했겠지만
몸에 잘 맞았을 것이다
사람에게 닿지 못하는 길 위에 서 본 여자
그녀의 불이 먼저 꺼지고
그녀는 다시 금연 구역으로 넘어간다
따라 일어서는 연기를 조심스럽게 잡아보고 싶었다

구역과 구역 사이
그녀는 읽던 걸 읽고 나는 쓰던 걸 쓰고
궁금한 것이 그녀인지, 그녀의 약속인지
정작 내 약속을 잊었다

안면도 꽃지花地

바람이 막아버린 얼굴
익사 할 것만 같은 꽃지花地

눈에 걸리는 수평선
심장을 누르며
최면을 걸어오면
쫓기는 꿈에서처럼
식은땀이 등을 조여오고
어느새 그의 끝에 서 있다

어디에도 꽃 한 송이 없는데
그 곳은 꽃들의 영혼
어느 여인의 풀지 못한 가슴을 열 듯
솟은 바위와 바위 사이 물이 들어와
물길이 꽃길 되고
꽃길이 수평선 되고
수평선을 이고 가는 달팽이 되고
달팽이 아래 숨은 게가 되고
조개를 삼키는 말미잘 되고

죽어도 생생한 얼굴
그래서 죽은 게 없는 섬
수평선이 꽃처럼
갈매기가 나비처럼
노는 섬

죽고 싶다는 것은 거짓인데
도망치고 싶다는 것도 거짓인데
찾아 갈 무덤이 있는 이들은
산으로 가 산꽃이 되고
나는 이 곳 어디쯤
바위에 박힌 굴 껍데기나 되었으면
꽃지花地 바위나 되었으면

빚

재개발로 주변의 집들이 허물어지는 판이라
이사 1년 만에 또 이사를 해야 하는 형편이다
해가 퉁퉁 부어 벌겋게 되도록 집을 보러 다녀도
지상에서는 꿈 꿀 수 없는 집들만 우뚝우뚝 서 있다
등을 따사롭게 데우던 봄빛은 온통 빚으로 변하고
나는 꿈을 꾼다

나중에 얼마라도 남을 작은 아파트로 갈까
오르지 않아도 그보다는 큰 빌라로 갈까
그냥, 빛과 빚이 없는 지하로 갈까

돈이 안 되는 빌라는 절대 사지 말라는 부동산 여자가
오늘은 또 어떤 꿈같은 집들을 보여주며
꿀 수 없는 꿈이 무엇인지 확실히 알게 해 줄 것인가
빚이 빛으로 둔갑하는 거대한 콘크리트 숲에서

그러고 있자면

그때도 그게 아니고
지금도 이게 아니고

말없이 눈이 매워
아래를 또 보고
뒤를 다시 보고

불쑥 캄캄해지는
단순한 그런 순간을
견딜 수 없게 되는

잔인한 그딴 걸
다들 꽃이라고
정말 곱다고, 곱다고

꿈에

그리운 이, 눈으로 담고 있으니 눈물 납니다

맑게 부딪치는 이 生이

이마와 이마 사이에 머무는 영원이라면

고단한 바닥에 뜨겁게 엎드리고 싶은 이 生이

뒤늦게 생긴 슬픈 욕심이라면

보면서도 사라지고, 지워지고, 흩어지고

곁에 두고도 그 곁은 날아가고, 흘러가고

입술이었는지, 별이었는지

쓸쓸해서 깊어진 눈빛이었는지

눈빛에 피던 제비꽃이었는지

좀 더 막혔으면 하던 길이 환하게 풀릴 때

어둠과 함께 깨어나야 하는 순간

무엇이라도 들키고 마는 표정으로는

눈물 나는 일

눈을 맞출 수가 없습니다

소품

등을 둥글게 말아 무릎 사이로 얼굴을 묻는다
결핍을 따라 몸으로 숨어드는 기억이
길고 축축한 혀가 되는 것은 체온을 얻는 일이다
진화를 거부한 그리움이 쓸쓸히 육체로만 남겨진
슬픈 전쟁터를 바라보듯
이름도 모르는 사내와 잠자리를 하듯
어깨를 지나 유방 언저리에서 목으로
목에서 배꼽, 다리 사이로 빠져드는 손가락이
자궁에서 자라는 날이면
속눈썹처럼 떨리는 거웃에서
몸이 아니면 읽을 수 없는 소리를 듣는다
종종 너무 많은 미래를 보여주던 육체였다
추방 될 때마다 떠올리던 죽음 끝에서
수유를 멈춘 유두가 더욱 단단해지는
짜릿한 파괴를 아꼈던 만큼
불순과 유혹은 빛이었으리라
언제나 느끼면서도 확인할 수 없는 사내처럼
연골이 있던 자리에 바람이 들고
아무리 핥고 핥아도 집이 없는
몸을 떠돌다 보면 비로소 알몸이 되고

알아야만 하는 소리가
전력으로 화해에 닿는 서늘한 슬픔이
팽창하는 이 짧은 순간
배꼽에 귀를 달고
은밀한 그곳에 눈을 달고 싶은
나는 나와 도깅dogging 중이다

국립중앙도서관 출판예정도서목록(CIP)

그대에게 가는 길 : 한수재 시집 / 지은이: 한수재. ──
광주 : 우리글, 2015
    p. ;   cm. ── (우리글시선 ; 090)

ISBN 978-89-6426-074-6 03810 : ₩9000

811.7-KDC6
895.715-DDC23   CIP2015032757

그대에게 가는 길

1판 1쇄 인쇄 2015년 12월 3일
1판 1쇄 발행 2015년 12월 9일

지은이   한수재
발행인   김소양
편집   권효선
마케팅   이희만, 장은혜

발행처 ㈜우리글
출판등록번호 제321-2010-000113호
출판등록일자 1998년 06월 03일

주소 경기도 광주시 도척면 도척로 1071
마케팅팀 02-566-3410 **편집팀** 031-797-3206 **팩스** 02-6499-1263
홈페이지 www.wrigle.com

ⓒ 한수재, 2015

값은 표지에 있습니다.
ISBN 978-89-6426-074-6   03810
잘못 만들어진 책은 구입하신 서점에서 교환해드립니다.